통증을
켜다

통증을
켜다

손병걸 시집

삶창

슬픔 한 짐 지고 길을 걷는다
가도 가도 도무지 끝이 없다
부은 발목을 부여잡고 이대로 부서져 내리듯
바람에 흩어져도 좋겠다 싶을 때
빗방울 흠뻑 내린다 이마에 소금 알갱이들은
젖은 유도블록과 유도블록 사이에 스민다
애초에 도착하지 못할 것을 알았으니
발소리는 멈춤 없이 어두울 것이다

차례

시인의 말 • 5

제1부

빈칸 • 12

묵화를 그리며 • 14

물이 끓는 시간 • 16

촉燭 • 18

점핀 • 20

하늘 아침 • 22

투병 • 24

하얀 도화지의 소리 • 26

산동네 골목 안 오케스트라 • 28

맨홀 속 물소리 • 30

벙어리장갑 • 32

얼굴 • 34

돌아가는 길 • 36

흰지팡이 • 38

비 갠 후 • 40

제2부

까치밥 • 44

의자 • 46

곶감 • 48

입동 무렵 • 50

베란다 밖에는 지금 • 52

보름달 • 54

사랑 • 55

금몽암 해우소 • 56

하산 • 58

겨울나무 한 권 • 60

알 • 62

옆구리 • 64

문제 • 66

가시 • 67

제3부

보편적인 기도 · 70

빈집 · 72

순장 · 74

촛불 · 76

부릉회 · 78

몰락하는 바다 · 80

목련꽃 뉴스 · 82

베란다 화초 · 84

웅덩이 · 86

이름 없는 뼈 · 88

아내의 입덧 · 90

따뜻한 흙 · 92

바람의 발자국 · 94

문필봉 출사표 · 96

제4부

감자 • 100

홍역 • 102

눈빛 • 104

소꼬리 • 106

다람쥐의 손 • 108

만트라 • 110

별떡 • 112

소주 반병 • 114

산 108번지 • 116

옆집 • 118

완전한 아침 • 120

아픈 사랑 • 122

발문__ 어둠보다 선명한 것이 없을 이에게 | 문동만 • 123

제
1
부

빈칸

눈을 뜨고는 알 수 없는 말
단연코 들을 수 없는 말

시각장애인용 컴퓨터 화면 낭독 프로그램 이야기다

꺼진 모니터에 펼쳐진 텍스트
검은 여백이 내어준
활자와 활자 사이
행과 행 사이

두 눈을 크게 떠도
아무리 두 눈을 부릅떠도
아무 흔적을 찾을 수 없는
캄캄한 그곳에서
울려 퍼지는
빈칸 혹은, 빈 줄이라는 말

비어 있어서 명백히
비어 있지 않다는 드넓은 소리
밤하늘에 빛나는 시공의 소리

언제나 꽉 찬 공명
먹먹하게 환한
저 빈칸 혹은, 빈 줄이라는 말

묵화를 그리며

몸속 깊이 고인 어둠이
고이다 끝내 넘친 어둠이
돌벼루 속에서 찰랑인다

어둠보다 선명한 것이 있을까

까맣게 젖은 깃털이
여백을 지울 때
아무것도 없었던 그러니까
텅 빈 시간과 공간이 내어준
높고 깊은 산골짝 산수화 한 점

닫힌 창을 열어젖힌 새 울음도
지난밤 어둠에 젖은 깃털을 세워
잠든 새벽을 깨우는 중인가

바람을 덧칠하는 생생한 사물들

소리의 상형문자들 내 귀를 후벼대며
더 크게 더 짙게 속속들이 채색하는

까무룩 완성된 그림 한 점 향기가 명쾌하다

물이 끓는 시간

틈이란 틈을 다 비집고 날아오르는
커피포트 속 물소리처럼
모든 날갯짓은 다 뜨거운 걸까

시력을 잃고 엎질러진 물처럼
내 생이 밑바닥 밑바닥으로 스미는 동안
오래전 몸속에서 식은 시간이 끓어오른다

가벼움과 무거움은 하늘과 땅 사이
그 사이로 스산한 바람이 불고
투명한 벽은 점점 더 두께를 키웠을까

뜨겁고 서늘함이 한바탕 뒤엉키며
고인 시간이 비등점에 이를 즈음
커다란 날개 한 쌍이 활짝 펴진다

적절한 온도의 바람이 불고

모든 틈이 사라진 여기가 바로
내가 간절히 원한 절정
그러나 지금은 잠시
펼쳐진 날개를 접어야 할 때

커피포트의 전원을 *끄고*
한껏 벌어진 생각을 메우듯
스물네 시간 쉬지 않을 내 몸에 전원을 켠다

촉觸

손끝이 손끝에
기적처럼 가닿을 때

손바닥이 손등을
저녁놀처럼 부드럽게 덮어올 때

심장과 심장이
강물 속을 어루만지는 달빛처럼 맑아질 때

숨소리와 숨소리가
소용돌이를 치며 닫힌 귀를 열어줄 때

온몸에서 번지는 온기가
가장 가까이에서 멀다면

우리는 우리의 우리가 아니다

매 순간 너와 나의 포옹이
벅찬 피돌기처럼 닿을 수 없다면

우리는 뜨거운 우리의 우리가 아니다

점핀

새파란 하늘에 어둠이 번져갈 무렵
몹시 그리운 한 사랑을 떠올리며
나는 다시금 점핀을 잡는다

꺼진 별들 뒤에 감춘 통증을 켜야
별똥별 점자는 멀리 빛나는 것
이것이 시력 없는 내 생활의 활자이다

빈틈없이 어둠 물든 하늘도화지에
작은 별빛 점자 하나를 찍는다

와글와글 모여든 별빛이 흘러가면
비로소 먼바다에 해가 솟듯
꺼진 별들을 켜는 내 문장은
명백한 실존이다 농도 짙은 기록이다

샹들리에 별빛 켜진 하늘길을 향해

어젯밤 내내 못다 걸은 발소리를
재빨리 마저 찍는다

어두워도 어둡지 않은 새벽달 뒷면
웅크리고 있던 사랑이 기지개를 켜며
한 번도 열리지 않았던 아침

어여쁜 얼굴 한 장이 밝아온다

하늘 아침

눈부시다는 말은
그 어떤 표현으로도 적절하지 않은
가슴 깊은 곳에서 솟구치는 아침을 닮았다

검붉은 활자들이 닫힌 하늘을 여는 동안
어둡고 긴 길은 지나치게 가파르고 험했다
많은 날을 맨몸으로 굳건히 아팠다
통증을 어루만져주던 활자를 품고
나는 다시 첫 갈피에 새로운 글귀를 새긴다

시작은 늘 끝을 두려워하지 않았으므로
지난날은 점점이 이어진 커다란 원이다 언제나 제자리에서
뜨거운 궁극이다 눈물의 염도가 반짝거리는
해맑은 이슬의 소금이다 우뚝 선 솟대의 노래이다

하늘 가득 번지는 상상의 눈빛처럼
빛나는 활자의 발걸음은 멈춤 없이 먹구름을 지운다

급기야 오체투지의 문장과 문장 사이에서
줄탁의 날개 한 쌍이 활짝 펴진다

사시사철 숱한 해를 받아 읽는 새 한 마리
포근한 내일을 햇살 깃털로 흩어놓을 때
이 땅에 가벼운 그러나 명백한 생의 노래는 커지고
캄캄한 하늘이 한바탕 눈부시다

투병

빗물 고인 병실 창문에서
아침 햇빛이 반짝거린다

참다못해 먹구름 녹아내리듯
내가 몽땅 흘려보낸 눈물이
종내엔 돌아와 창문을 적셨으니

빗소리를 외면한 새벽녘
지나치게 네 안이 건조했던 건
지극히 옳다

그러나 나는 오늘 스스로 젖기로 한다
불치의 빗줄기가 흘러 몸이 패이듯
골진 자리마다 강물이 흘러간 뒤
다시금 넓은 바닥이 되기로 한다

절망의 태풍이 휩쓸고 간

네 속에 뜨거운 사막을
갈증으로만 여기지 않겠다
어제와 같은 얼굴로
어둠이 창을 거푸 닫아도
나는 활짝 열어놓기로 한다

내리내리 발목을 적실 슬픔처럼
한 치 앞을 알 수 없는 창밖에는
언제나 환한 아침이 뜬눈으로 있다

하얀 도화지의 소리

빠끔히 열린 방문 사이로
딸아이 그림 그리는 소리 흘러나온다

하얀 도화지를 간질일 때마다
보이지 않는 소리 소리가
소나무 두루미 해바라기 바다가 되어
형형색색 살아나는 그림

오늘은 마음속에 자란 풍경 한 장을 떠올리며
살짝 밑그림을 그린 뒤
손에 쥔 붓의 농도를 고민 중이라 한다

짙은 지하방 어둠을 지우듯
촉촉한 는개 덩달아 유리창에 붓질하는 밤

비 그친 새벽 소실점 찍힌 하늘이 환히 열리고
햇볕 머금은 푸른 강물 일렁이는 도화지에서

휘영청 떠오른 무지갯빛 향기로운 소리가 난다

산동네 골목 안 오케스트라

새벽비 그친 아침
가파른 골목길

뉘 집 창문 하나 열리자
싱크대 물소리 설거지 소리
라디오에서 흘러나오는 피아노 소리
일터 향하는 바쁜 발소리

그야말로 기가 막힌 오케스트라다

그러나 여기는 이주 대책 우선 지역
뾰족한 방법이 없는 기관에서
골머리를 앓는 산동네가 아니던가

실눈만 떠도 탄로 날 소리들아
눈먼 내 어리석은 오해라도 좋다

도로롱 돌돌돌 타닥타닥

절묘한 협주 산 아래로 퍼져가는

새봄 맞이 산동네 골목 안 오케스트라여!

맨홀 속 물소리

이삿짐을 풀면
좀처럼 빠져나갈 수 없는 산동네
블랙홀을 닮았다

그러나 가파른 골목길 중턱쯤
저 캄캄한 맨홀 속 물소리
단 하루도 멈춘 적 없다

외벽마다 뒤엉킨 가스 배관이
터질 듯한 혈관처럼 부풀어 올라도
서릿발 골목길을 뛰어다니던
꽁꽁 언 근심 같은 적설량에도
더욱더 힘찬 맨홀 속 물소리

혹자는 뼈마디 으스러지는 소리가
시궁창 속 악취라고 고개를 돌려도
와글와글 목소리 낮추지 않는

저 오체투지

언제나 캄캄하게 갇혀 있어도
골목길에 빛나는 발소리만큼
콸콸콸 은하수는 흐른다

벙어리장갑

한파주의보 내린 거리를 걸으며
한바탕 수화를 하는 그녀의 말이 시리다

서둘러 건너야 할 횡단보도 신호는 붉고
귓불이 빨개진 노점상 주인 가판대에서
그녀에게 장갑 한 켤레를 사주며 알았다

손가락이 없는 장갑을
왜 벙어리장갑이라고 하는지

나는 그녀의 말문을 막는 벙어리장갑을
가판대 위에 슬그머니 내려놓고
꽁꽁 언 그녀의 말, 말들을 녹여줄
손가락장갑을 두 손에 끼워주었다

막 켜진 파란 신호 횡단보도를 건너며
오빠, 오빠, 고마워! 오빠, 오빠, 고마워!

연방 목청을 높이는 그녀의 따뜻한 말

발개진 귓불, 귓불들을 녹이듯
송이눈 하얗게 하얗게 쌓이는 도심 속으로
쟁쟁하게 울려 퍼졌다

얼굴

이른 아침 환승역에서
마구 뒤엉키는 발소리들
강물을 건너는 누 떼를 닮았습니다

괴성을 지르며 열차 몇 대가 더
철로 위를 급류처럼 흐르는 동안
나는 흰지팡이를 움켜쥔 채
꼼짝없이 제자리에 서 있습니다

도와주세요 두 눈이 안 보입니다
떨리는 내 목소리 발소리에 짓밟힐 때
갑자기 제일 만만한 누를 노리는 악어처럼
누군가 내 팔뚝을 덥석 뭅니다

일순 머리카락이 곤두서는데
어디로 가세요
부드러운 목소리 내 몸을 감싸며

깊은 강물을 건너기 시작합니다

상큼한 물비린내 끼치며
그 여자 발소리 멀어져가고
천천히 내딛는 캄캄한 내 발걸음이
급류에 휩쓸리려 할 때마다
얼른 팔짱을 걸어오는 사람들

굳이 안 봐도 다들 환한 얼굴입니다

돌아가는 길

보이지 않는 눈동자가 자꾸 돌아간다
분명히 앞을 보고 있는 것 같은데
끝내 다 돌아간 눈동자가
몸속에 웅크리고 있는 어린 나를 본다

산 중턱 호롱불 외딴집
갑자기 풍을 맞고 쓰러진 아버지도 그랬다
자꾸만 돌아가는 아버지 입에서는
카랑카랑하던 목소리가 알 수 없는 발음이 되어
다시는 돌아오지 못할 뒤안길로 돌아갔다

안으로 안으로 말려들어 가던 아버지의 목소리도
도무지 앞이 안 보이는 살림살이 때문에
문드러진 속을 훑고 나오는 내 숨소리와 같았을까

숨 가쁜 경삿길에서 돌아간 내 눈동자가
닫혀 있던 마음을 속속들이 여는 동안

산동네 꼭대기 놀이터 하늘 위에서
망막 잃은 흰자위를 닮은 달덩이 하나

혼자 잠든 딸아이의 얼굴을 어루만져주는
부드러운 달빛 손길 환한 집이 가까워지고 있다

흰지팡이

한 발짝 한 발짝 간신히 내딛는
발걸음을 뚝뚝 끊는 유도블록
연거푸 발목을 턱턱 거는 턱

캄캄한 벽 앞에서 한계를 느낄 때마다
나는 오히려 한 번씩 더 기쁘다

삶은 언제나 없는 길을 만들어야 하듯
발자국이 없는 쪽으로 발끝을 향하고
내딛는 발걸음 발걸음이
비로소 길이 되는 것 자유가 되는 것

뙤약볕 아래 어둠을 뚫듯
언제나 철저히 혼자
그래서 더욱더 분명해지는 길

지금 당장 다시 한 번

한 걸음 한 걸음을 내딛자

모든 탄생이 단 한 번뿐인 죽음을
한순간도 멈춤 없이 완성해가듯

비 갠 후

병실 유리창을 두드리던 비가 그쳤습니다
침대에서 뒤척이던 마음만 적셔놓고
빗방울들은 어디론가 떠났습니다
살아온 인연들 돌아보면
터무니없이 다가온 빗줄기 속 햇빛이었다가
느닷없이 캄캄한 밤이었습니다
그래도 괜찮습니다 만나고 헤어지는 일이
매사에 흥건한 먹구름만은 아니듯
유리창을 넘는 저 바람 같은
따뜻한 길 하나 놓이기도 할 것입니다
저 길에 찍힌 발자국 따라 걷다 보면
푸른 잎을 어루만지던 정오의 햇빛이
부드럽게 귓불을 감싸오기도 할 것입니다
금시 저녁놀 낮아지는 산등성이에서
소리 없이 내려앉은 별빛이
젖은 어깨를 토닥여주기도 할 것입니다
그즈음 지난 일을 떠올리며

기쁘게 걸어왔다고 대답해야겠습니다
이름 모를 새소리 유리창을 두드립니다
끝내 닫혀버린 두 눈이지만
흰지팡이 걸음이 환한 외출입니다

언제든지 나로부터 시작입니다

제 2 부

까치밥

늦가을 감나무 가지 끝에
홍시 몇 알
희뿌연 하늘 속에서 붉다

앞산 너머에서 하늘길을 열며
나뭇가지에 날아든 까치 몇 마리
너도 한 입 나도 한 입
고수레 밥상 한 끼니 저녁이다

늦가을과 같은 말은 초겨울인데
둥치를 감싸는 감나무 이파리들
저 뜨끈한 천지간의 겨울나기
오래된 나눔의 식사법을 곱씹어보다가
마음도 노곤노곤 달콤해진다

너와 나로부터 모든 것이
속으로 속으로 벌겋게 익어가듯

저녁놀 물드는 지구 한 알도 홍시이다

의자

중국집 스쿠터가 안간힘을 쓰며 오르는
가파른 산동네 골목길 언저리에
누가 먼저 내어다 놓았을까

긴 겨울 끝 꽃샘추위도 물러간
유난히 볕 좋던 그날부터였다
골목 언저리를 지키는 의자에게
여태 걸어온 발걸음 가쁜 숨 잠시 가라앉히라는
고마운 권유를 받곤 했다

저마다 어디 한 곳씩은 고장 나고
까칠까칠한 생김새가 볼품없지만
자고 나면 늘어나는 저 의자들

오늘은 꼬부랑 어르신들 모여 앉아
흐물흐물한 팔다리를 주무르며
하하호호 터뜨리는 웃음꽃만큼

산동네가 통째로 꽃밭이 되어가는데

골목 입구에 널린 햇발을 삶은
쫄깃쫄깃한 짜장면 곱빼기 한 그릇씩 쫙 돌리고 싶은
물오른 장딴지가 탱탱해지는 봄날이다

곶감

산골짝 누이가 전화를 걸어왔다

잠시 손전화기가 귀에서 멀어진 사이
엊그제 보냈다는 곶감이 꽃감이 되어
누이의 목소리가 집안 가득 향기롭다

꽃잎 같은 누이의 손이 스칠 때마다
사각사각 소리를 벗은 감
가을볕도 툇마루에 나란히 걸터앉아
감 깎는 소리 산골짝에 가득했겠다

말랑말랑한 곶감이 도착한 오후
분꽃이 곱게 핀 곶감을 한 입 베어 문다

곶감은 겨울에 피는 꽃이 맞다
산골짝 바람이 촘촘히 어루만진
달콤한 소리가 입 밖으로 흘러나온다

작년에도 곶감을 보내왔다
그때는 왜 맛있다는 말을 몰랐을까

머리맡 창밖 경사진 골목길
발소리 발소리 위로 꽃향기 수 놓으며
송이눈꽃 송이눈꽃 하얗게 쌓이는 겨울

나는 얼른 보일러 온도를 두어 칸 내린다
이 겨울은 이렇게 살자

입동 무렵

모두 다 춥다 춥다 껴입을 때
나무는 이파리를 다 벗는다

생활의 옳고 그름을
옷매무시 한 가지로 따질 수는 없겠지만
내 삶 오롯이 알몸인 적 없었다

삶을 온전히 살아낸다는 말
언 바람을 베어대는
저 나무의 당당한 목소리다

깡마른 가지를 휘두르며
때로는 뚝뚝 부러져나가도
아직은 때가 아니라는 듯
나무는 결코 눕지 않는다

종내엔 뿌리의 내력을 송두리째 드러내고

딱 한 번 유언을 오롯이 남기겠다는 듯
어둠을 움켜쥔 체 꼿꼿한
전라의 나무 한 그루

또 한 겹의 나이테를 여미고 있다

베란다 밖에는 지금

눈보라 몰아치는 베란다 너머
가로수 한 그루 없는 외길을 가르며
낡은 트럭 한 대가 달려온다

좀처럼 열리지 않던 베란다 창틀에서
삐이익 삑 쇠먼지가 부서져 내리고
통유리창 밖에 갇힌 바람이
냉큼 가슴팍으로 뛰어든다

코끝이 모처럼 찡하다 그리움은
이렇듯 시린 시간을 앞세우고 다가오는가
벽에 걸린 빛바랜 그림 한 장
두꺼운 먼지를 떨어내며 흔들린다

가끔은 당신과 나 사이에
매운 강추위였다가 무더위였다가
달콤한 달빛이었다가 먹구름이었다가

출렁 무지개다리 하나 놓이기도 했다

활짝 열린 베란다 창문 밖에는 지금
목소리를 한껏 높인 낡은 트럭 한 대가
노릇노릇 잘 익은 하루의 저녁놀을 싣고
달려온다 까무룩 잠든 기억을 깨우며
불 꺼진 방 쪽으로 덜컹덜컹 달려온다

보름달

감나무 가지마다
홍조 띤 감들

며칠 전부터
젖꼭지를 불리며
탱탱하게 기다리고 있었구나

금시라도 터질 듯한
바알간 감들 좀 봐

달빛에 젖어가는
앞산 뒷산 나무들
이름 모를 풀들

꼬옥 두 손을 모으는
저 모습들 좀 봐

사랑

매미 소리 사그라지는
자정 무렵

일백오십억 광년을 날아온
별빛 한 가닥

눈앞에서 순식간에 사라진다

금몽암 해우소

똥오줌 받는 통이 문화재로 지정되었다는
농담 같은 사실이 궁금해서가 아니다
가을 산 오르막길 덩치 큰 은행나무들이
길바닥에 어여삐 퍼질러놓은
황금빛 조락凋落의 고뇌 때문도 아니다
그냥, 갑자기 배가 아팠고
문학회 뒤 새벽까지 술을 마시던
산 아래 숙소 수세식까지 내려가기엔
나는 아무 생각 없이 너무 멀리 올라왔다

앞서 다녀가신 이들의 똥오줌 냄새가
날숨 들숨 고행을 강요할 때
덜컹 열린 옆 칸 여자 오줌발 소리
후다닥 다른 치마 올리는 소리로 바뀌고
거푸 얼굴 모를 여자들이 뜨거운 것들을 풀어놓으며
한 통 속에서 한바탕 뒤엉키는 통에
법당 안 목탁 소리가 몽롱하게 들려오는데

저릿저릿한 다리 막힌 숨통 견딜 수 없어

통증 가신 아랫배 바지춤 서둘러 여미며

아득한 높이 푸세식 널빤지에서 생자生者로 격은

금몽암 해우소 해후邂逅의 오묘한 가르침을 전하자면

때맞춰 꼭 버려야 할 통증들을 묵묵히 받아내는

높고 깊은 산골 속 무지 큰 똥통의 낮은 자비가

길이길이 보존할 문화재가 분명하다는 소식 한 통

하산

발끝에서 바스락거리는
낙엽을 두 손으로 움켜쥐었는데요
아, 글쎄! 물기 하나 남지 않은 것들이
바싹 말라비틀어진 것들이
손가락 사이로 부서져 내리는 거예요
이때다 싶은 산꼭대기 반라의 나무들
남은 이파리 모조리 떨어내며
한 시절 얼굴 벌게지도록 오르는 일
한껏 가벼워지려는 것 아니겠냐고
올라온 산길을 말끔히 지워버리는데요
그러나 걸음을 내디딜 때마다 나는
구름 위를 밟는 것 같았는데요
그것도 잠시 낙엽 더미 속 돌부리에 걸려
사정없이 발목을 삐끗하고 보니
새삼 내려갈 길 막막함을 알겠는데요
통증만큼 저녁놀은 빠르게 지고
길 잃은 캄캄한 발소리는 불안했는데요

무거운 내 몸을 부축한 동료들 걸음을

내내 앞서 이끄는 산골짝 물소리와

떨어지는 땀방울을 닦아주는 갈바람이

불빛 목소리 환한 마을까지 동행해준

주금산朱錦山이 죽음산인가 싶었던 하산길이었지요

겨울나무 한 권

창밖에 겨울나무 한 그루
꼭 한 해를 요점 정리한 것 같은
깡마른 줄거리를 본다

때가 되면 모든 것을 내려놓아야
나이테페이지 겹겹이 엮은
한 권의 책이 된다는
겨울나무의 옹골찬 담론일까

입김 불어 뿌옇게 만든 유리창에
손가락 끝을 꾹꾹 눌러가며
말씀 한 줄 옮겨 적을 때
투명하게 드러난 활자 속에서
먼 산 산꼭대기 하얀 눈이 눈부신데

서서히 문장이 녹아내리며
흐르는 물방울 물방울 속에서

뼈다귀만 남은 겨울나무들

단단한 나이테페이지를 한 겹씩 부풀리고 있다

알

껍질을 깨며 태어난 새가 일어난다

기우뚱기우뚱 애초에 날개가 없으므로 나는

갓 태어난 새와 두 발로 불안한 바닥이다 힘껏 눈을 뜬 눈

동자

뾰족한 부리로 쏘아 올리는 너의 형형한 눈빛은

내게는 늘 너무 환하고 무거운 것이어서

바닥을 차고 오르는 너의 날갯짓 뒤로

찬 바람 가득한 허공 태연히 넓고

저녁놀 햇볕이 울컥울컥 맑다

그러나 창밖은 지금 엄정한 겨울이 맞고

안과 밖이 있다는 건 명백한 사실이어서

희로애락喜怒哀樂의 우리 감정만큼 비상飛翔은 높고

추락墜落의 경계는 얇다 사랑을 갈라놓은 시간의 차이처럼

밤하늘을 가득 메운 별들이 빠르게 꺼지고 있다

외로움을 견딜 수 있는 유일한 형식이 꿈

별들도 별수가 없어 죽음을 잠시 빌린 잠

잠들어도 잠들 수 없는 숱한 죽음이
또다시 숨통을 조이는 가위에 눌릴 때
단단한 어둠의 껍질을 쪼아대는 소리

창밖에 새 한 마리 돌아와 목놓아 운다

옆구리

들키기 싫은 외로움
옆구리에 숨겨져 있다

깊은 밤 혼자
모로 눕는 새우잠
밤새 오른쪽 왼쪽 바꾸는 자세도
시린 옆구리를 데우기 위함이다

밥상에 나란히 앉은 그 여자
내게 반찬을 먹여주려 할 때
자꾸만 머뭇거리자
내 옆구리를 쿡 찌른다

깜짝 놀란 입에서 밥알이 튀고
아무도 건드리지 못하게 한
옆구리를 거푸 간질이자
자지러질 듯 터지는 웃음소리

한바탕 넘쳐 흐른 과한 웃음 끝에
나도 몰래 눈가에 맺힌 눈물방울
혹여 누가 볼세라
얼른 고개 돌려 닦을 때

은밀히 감춰온 곰삭은 사랑
내 옆구리의 비밀이 따뜻해진다

문제

즐겨 듣는 라디오 프로그램이었다

청취자 퀴즈가 흘러나왔다

보기 1, 보기 2, 보기 3, 보기 4

위 보기 중 정답 하나를 골라 보내주세요

나는 방송국에 전화를 걸었다

다음 날이었다 라디오에서
청취자 퀴즈가 흘러나왔다

듣기 1, 듣기 2, 듣기 3, 듣기 4

위 듣기 중 정답 하나를 골라 보내주세요

가시

목에 걸린
가시

움찔거릴 때마다
더 깊이 파고드는
가시

방심하는 순간
사정없이 콱 박혀버리는
가시

사랑도 날카로운 가시다

알고도
도리 없이 삼키고 마는
가시다

제
3
부
───

보편적인 기도

당신이 아파서 더불어 내가 아파서
눈물을 흘리던 기도는 끝났다
목젖이 부은 당신을 위해
대신 울어도 괜찮다는 말
그 기도 기도 기도는 거짓말
그리하여 사랑은 먹구름 속에 갇혀 있고
체온과 체온 사이에서 증발해버린
온몸에 말라붙은 소금 알갱이를 털어내며
나는 두 손 모아 기도를 한다
해와 달이 죽고 별들이 죽고
이미 죽은 것이 다시 죽었듯
잎사귀 없는 무화과나무에는
발갛게 익어갈 열매가 없다
산과 산 사이에 돌계단을 밟으며
떨어져 증발한 땀방울의 기도처럼
이제 마지막 계단을 아슬아슬 딛고
그러니까 한 번 남은 거짓말을 지그시 밟고

등 뒤에 시간을 말끔히 잊은 채
기도를 한다 아파서 죽을 만큼 아파서
홀로 지쳐 쓰러져갈 나를 위해
아무도 아무도 거들떠보지 않는 나
오직 나 하나 나를 위해 기도를 한다
싸늘히 식어버린 나를 위해 나 하나를 위해
간절한 통곡의 기도, 기도를 한다

빈집

돌아오지 않는 아이가
바다 속에 갇혀 돌아올 수 없는 아이가
멀쩡히 숨 쉬고 있다

재잘대는 아이를 끌어안아도
도무지 안기지 않는 아이의 환영 때문에
아내는 오늘도 집으로 들어가지 못한다

어둑어둑한 공원에 아이들 발소리
왁자지껄한 웃음소리 하나둘 집으로 돌아가고
벤치에 혼자 멍하니 앉아 있는
아내의 초점 없는 두 눈이 홍건히 붉다

슬픔은 나눌수록 커져만 가고
하루아침에 전부를 잃은 아내의 삶이
먼발치 벤치에 앉아 단숨에 비워버린
내 빈 소주병 속에서 침몰하고 있다

지금은 산목숨이라도 살아야 한다는
고마운 마음들도 긴 잠 속으로 빠져들 시각
끝 모를 우울을 바라지 않는다며
아이의 별빛이 정수리에 쏟아진다

죽지 못해 살아 있어 살아야 할
나도 분명 할 일 있다 아내와 현관문을 열고
불빛 한 줌 없는 빈집의 불을 켜야 한다
여전히 차가운 바다 밑인 듯
구명조끼를 동여맨 아이가 갇혀 있다

순장

꽃봉오리 폭죽 터지는 소리
웃음소리 창창한 4월의 아침을 싣고
배는 가라앉았다 가라앉혔다

힘껏 당겨야 할 어린 손목과 손목을 잘라버린
프로펠러 소리 스크루 소리 서둘러 멀어지고
숨 막히는 고통과 슬픔이 닻을 내린
시리디시린 바닷속 어둠 깊고도 넓다

조용한 달빛만이 암담한 바닷속을 더듬는
고요한 저녁은 더 고요한 새벽을 지나
다시 또 안개 짙은 미궁의 대낮이다

잇바디 하얗게 부서지는 파도 소리
탈진한 유족의 숨소리마저 수장하려는 듯
출처 불명의 지폐로 만든 헛바닥들이
부표에 꽂힌 어린 꽃들을 가차 없이 뽑아낸다

싱그러운 4월의 봄날 내일의 웃음소리는
더는 필 수 없다 이미 오래전
우리는 어린 꽃의 뿌리를 뽑고 콘크리트 무덤 속이다

어디에도 따스한 4월은 없다 급기야
와르르 무너진 하늘 아래 시푸른 생매장
누대에 누대를 걸쳐온 악마들의 권력이
비로소 부족분의 순장을 완성했다

촛불

혀를 태우고 있다

단단한 껍질이 에워싼
말들이 녹고 있다

소리 없이 소리 없이
최후의 발바닥까지
녹아내리고 있다 타오르고 있다

시퍼런 말들의 춤이
빛나는 노래가 되어
캄캄한 벽을 무너뜨리고 있다

뜨거운 한마디가
커다란 불새의 날갯짓으로
날아오르고 있다 출렁이고 있다

몸속 깊이 뿌리박힌

말들의 심지가

일제히 불꽃을 쏘아 올리고 있다

부흥회

썩지 않을 말들이 머플러에서 쏟아진다
숨 막히는 설법은 아리송한데
궁금증에 대한 질문은 율법을 어기는 행위
진실은 신의 몫일 뿐
어린 양의 의무는 순종
욕망의 액셀러레이터를 더 밟고픈
기도 소리가 요란하면 요란할수록
안녕과 번영으로 가는 지름길
골고다의 언덕이 사라진 길가에서
사과나무를 심고 해바라기가 피는 건 종말론
안절부절못하는 아침 볕이 모퉁이를 돌아
검은 바퀴들과 일제히 구르기 시작할 때
요란한 찬송 소리 높고
깨달음은 달리지 못한 날의 간증
내일은 더 빠르게 달리겠다고
벌건 머플러가 꼬리에 꼬리를 물고
스모그 너머 석양 속으로 굴러가고

밤새도록 두 눈을 부릅뜬 채
새벽까지 불빛을 강물에 던져대던
네온들이 일제히 다시 켜질 때
철야기도를 알리는 광고판 스크린에서
우리의 교리는 오로지 빛의 속도
자, 자, 전도합시다 전도합시다
잠시도 멈춤 없이 부릉부릉 뿐
대낮보다 환한 경구가 빛나고 있다

몰락하는 바다

구럼비 바위 끝 짙푸른 바닷속
따개비 붉은발말똥게 기수갈고둥 수지맨드라미산호 은
어 떼
졸지에 매몰당할 아우성 같은
신열을 앓는 소리를 먹먹하게 듣는다

잔물결 파도 가릉거리는 바닷가에서
두 눈을 적시는 해풍의 냄새를 맡는 후각은
아주 먼 곳 먼 시간까지 가닿아서
몰려올 해일 같은 포탄비를 예감한다

콘크리트에 묻힌 바다는
자궁을 들어낸 죽음의 상징이다
채 태어나지 못한 수많은 생명의 무덤이다
굳이 안 봐도 환한 그 날이 오지 않기를
여린 손 모아 모아 기도하는 간절한 합창 속에서
이미 쉰 목 또 한 번 아프게 소리친다

그 모든 것을 알고 갯벌도 숨구멍을 열어젖히고
강정 천변에 흔들리는 키 작은 층층고랭이
천실만 잔물결도 악착같이 눈부시다

목련꽃 뉴스

목련꽃 진다
옷매무시 단단히 동여맨 채
옴팡지게 목련꽃 진다

어두운 땅속 뿌리처럼
돌 틈을 헤집는 참담한 신열
그때마다 이마에 감은 꽃잎 붕대
너희는 아직 창창한 꽃봉오리

터질 듯한 향기를 끌어안고
두 눈 질끈 감은 채
아스팔트 바닥을 후려치는 소리

채 피지 못한 꽃봉오리
꽃향기 꽃향기 어지러운
달빛 꺼진 캄캄한 밤

고층아파트 꽃대 위에서
또 한 송이 목련꽃 진다

베란다 화초

베란다 화초들이 죽어 있다
무관심에 타들어갔을 통증을 생각하며
바싹 말라버린 죽음들을 수습한다

시퍼렇게 살아 있을 땐 몰랐다
앞산에 큰 나무뿌리
이름 없는 풀뿌리까지
흩어질 흙을 꼬옥 움켜쥐고 있을 때
어여쁜 꽃이겠다 푸른 산이겠다

화분이 관이 되어버린 화초들
손끝이 스칠 때마다 부서져 내리고
마른 흙 속 푸석푸석한 잔뿌리들
시커먼 쓰레기봉투에 쏟아부을 때

희뿌연 먼지에 눈동자가 쓰라린데
안방을 차지한 텔레비전에서는

예년보다 일찌감치 황사가

대책 없는 미세먼지가

더욱더 기승을 부릴 것이라고 한다

푸른 별이 부서져 내리고 있다고 한다

웅덩이

밤새 내린 빗물 고인 웅덩이 하나가
눈이 푹 꺼진 고양이 한 마리를 불러들였다

어떤 이유든 움푹 파인 것들은
쓰린 내 속을 더 쓰리게 만들곤 한다

얼마 전엔 저 웅덩이가
가로등 깨진 어둠을 틈타
집으로 돌아가는 발목 하나를 빨아들였다

갑자기 중심을 잃고 삐끗한 발목이
블랙홀 같은 골목길을 한참 앞서간
캄캄한 발자국을 절룩절룩 뒤따랐다

골목 안 어둠은 마르지 않았고
긴 가뭄에도 웅덩이는 축축했다
고인 욕지기와 가래침이 썩어가며

매캐한 입 냄새를 훅훅 뿜어댔다

오랜만에 맑아진 웅덩이에서
허겁지겁 물배를 채운 고양이가 사라진 뒤
시커먼 차바퀴가 웅덩이를 짓밟고 지나간다

더 넓어지고 깊어진 웅덩이
잠깐 햇볕 한 숟가락이 던져지자
흙탕물 속에서 아침이 어질어질 빛난다

이름 없는 뼈

—의병의 편지 1

강기슭에서 뼈가 발견되었다 아무도 이름을 알 수 없었다
푸석푸석한 뼈는 할 말이 없고 조정에서는 의견이 분분
했다
오래전 무너진 돌무덤 속에 의로운 침묵은
보이지 않는 바람 속에서 간간이 쟁쟁했다
는개비가 내리고 축축이 젖은 바람은
푹 파인 상처 같은 돌 틈에 고이고 고였다
그 순한 침묵의 뼈는 켜커이 흐르고 흘러
시푸른 강물처럼 역사를 완성했다
나는 오늘 펼쳐진 역사의 한 페이지를 읽으며
새삼 문장이 명백한 그림이라는 사실을 직시한다
시린 강물에 손을 씻듯 상형문자를 어루만지는 오후
강기슭 배롱나무에서는 꽃향기를 쏟아놓지만
핏빛 일렁이는 모래톱에서 피비린내가 진동한다
무너진 돌무덤을 휘감던 물의 파열음은
성곽에서 뜨거운 기름이 튀는 소리처럼
귓가에서 먹먹하게 붉다

지나면 아름다운 그림 같은 단 한 줄의 역사
이름 없는 뼈들이 활자로 일어서는 글귀쯤에서
나는 죽음을 함부로 듣고 해석한 날들을 후회한다
단 한 번도 돌무덤의 죽음을 고민해본 적 없었던
번지르르한 내 이름 석 자가 깊은 수심 속에 잠긴다

아내의 입덧
—의병의 편지 2

내 고향 초가草家 뒤란
장독대 위 정화수 그릇 속에도 지금
저 둥근 달이 두둥실 차오르겠다
두 손을 맞대고 지그시 눈을 감은
아내의 배도 만월滿月이겠다

내가 숱한 전장戰場을 누비는 동안
아내의 입덧은 저무는 달을 꾹꾹 채워
산달에 이르렀듯
아물 틈 없는 내 상처에도 피고름이 속속 차오르고
살이 썩는 통증만큼 헛구역질이 멈추지 않는다

잠시 쫓겨간 적들이 또다시 거세게 밀려오고
불안한 만삭의 달이 핏빛으로 물들어간다
입덧처럼 솟구쳐 오르는 생목을 삼키며
나는 있는 힘을 다해 창을 다시 움켜쥔다

성곽 아래 적의 시신이 쌓이고 쌓이지만
끝내 만월이 사그라지듯
나는 이름 없는 의병이 되어 저물어 가고
멀리 산꼭대기에서
겹겹이 쌓인 어둠을 걷으며
갓난아기 울음소리 우렁찬 아침이 밝아온다

따뜻한 흙

―의병의 편지 3

나는 글을 모른다
전장戰場에서 생긴 숱한 칼자국으로
고향집에 편지를 쓸 뿐이다

어젯밤 내 몸에 새겨진 칼자국은
고향 초가草家 마당 한 그루 감나무에서
붉게 익어가는 홍시를 지키기 위함이다
하얀 연기 피어오르는 굴뚝 아래
어린 눈망울들과 둘러앉은 단출한 밥상이
내가 목숨을 걸고 지켜야 할 충의忠義이다

움켜쥔 나의 무기 괭이 한 자루는
아내가 이고 온 새참을 안주 삼아
막걸릿잔 들이켤 이랑으로 돌아가야 한다
그 이랑에는 채 캐지 못한 뿌리 열매들이며
뒷산에는 머루 다래가 익어갈 것이다

매캐한 화염火焰 속에서 눈을 부릅뜨고

적의 칼날을 한바탕 받아내는

나는 반드시 두고 온 고향으로 돌아가

햇볕 머금은 흙에 씨앗을 뿌려야 할 농부다

바람의 발자국

―의병의 편지 4

돌무덤 사이에서 일어난 바람이
땀에 젖은 내 이마를 밟고 간다

얼른 이마를 짚으며 고개를 돌리자
강기슭을 차오른 바람의 맨발이
커다란 저녁달 속으로 들어간다

오래된 핏빛 바람을 품듯
출렁, 그날도 보름달이 떴겠다
나는 어디쯤에서 신발을 벗고
어디쯤에서 묘연해질까

스르르 눈꺼풀을 감듯
문필봉 꼭대기에 걸린 어둠이
하늘 가장자리부터 곱게 퍼진다

산등성이에서 커다란 눈을 뜬

그윽한 샛별의 생각만큼
나도 이쯤에서 목숨을 걸면 빛나는 바람이 될까

분기탱천한 눈동자를 닮은 별들과
수백 년 전 이야기가 한 소식 같아서
봉인된 이야기가 뜯어져 빛날 때
너무 멀쩡히 살았다는 내 반성이 반짝 켜진다

이름 모를 돌무덤 즐비한 강기슭에서
꼼짝없이 붙잡혔던 내 발걸음
그제야 강 건너 길 끝까지 가닿을 듯
싸늘히 식은 이마가 따뜻해진다

문필봉 출사표

—의병의 편지 5

문필봉 꼭대기에 먹구름을 찍어
일필휘지 써내려간
분기탱천한 출사표에는
봉기한 백성의 순한 얼굴들만 있다

구중궁궐은 귀를 닫은 벽이었고
드잡이를 벌인 고위관리 조정에서
시시때때로 충의忠義를 상명上命할 때
백성들은 진실로 고분고분 하복下服했다

끝내 고위관리 얼굴들은 전장戰場에 없고
버림받은 백성의 유일한 전략은
죽음을 두려워하지 않는 것

숱한 침략에 맞서 이 땅에 서슴없이 피를 뿌린
아버지와 아버지의 혼으로 펼치는 전술
그것이 가장 큰 마지막 병법이어서

맑은 물 흐르던 계곡에 핏물이 넘쳐흐르고
아름다운 산기슭에 돌무덤이 늘어가지만
오라, 얼마든지 오라!

그날의 목소리 쟁쟁하게 들리는 듯
산꼭대기에 우뚝 선 적송들
붉다, 하늘을 찌를 듯한 빼어난 고집
비바람 눈보라 속에서도 꼿꼿이 붉다

제
4
부

감자

오뉴월 서리 같은 감자꽃 지면
온 식구 비알밭에 쭈그리고 앉아
감자를 캤다

울퉁불퉁한 감자 마당에 쌓아놓고
튼실한 씨감자 먼저 골라
광에 모셔두면
그날 이후 삶은 오직 삶은 감자였다

새소리 부산한 산골짝 아침밥이 감자
교실 한 귀퉁이에서 먹던 점심밥이 감자
매캐한 모깃불 연기 피어오르는 마당에서
멍석 위에 둘러앉은 식구들 저녁밥이 감자

도토리만 한 감자들은 항아리에 담아놓고
썩어가는 냄새에 코를 막던 우물가에서
정갈히 씻은 제기에 담아 올린 감자떡처럼

죽어서도 살아서도 감자 감자

기꺼이 제 살점 뚝 떼어 새파란 싹 틔우고
하얗게 만개한 오뉴월 꽃 다 지면
마른 줄기들 거름이 되는 감자밭 이랑처럼
어느덧 골이 깊게 파인 내 이마도
감자꽃 지는 팍팍한 오후 두 시러니

목멘 내 속을 속속들이 파헤치면
뼛속까지 뿌리내린 탱탱한 감자 알알이 박혀 있다

홍역

서너 살짜리 아이의 얼굴을 만지다
손바닥이 쩍 들러붙는 바람에
가위에 눌린 잠에서 깨어난 아침

소고기미역국 냄새 부침 냄새
산나물 반찬 한 상 차린 밥상 들이시며
골고루 먹으라는 말 꼭꼭 씹어 먹으라는 말
남기지 말라는 말 말 말 한 무더기 부려놓고
산기슭 집 뒤란 비알밭을 오른 엄마

오뉴월 뙤약볕 아래
곱게 빻은 뼛가루 같은 감자꽃 꽃잎들이
하얗게 하얗게 쌓이는 이랑에서
오래된 무덤밭을 파헤치듯
가슴속에 묻은 돌감자를 캐는 엄마

이맘때면 뜬금없이 꿈에 나타나는

한 번도 본 적 없는 어린 누이 눈동자에서

붉은 꽃봉오리 꽃물 확확 번지듯

햇살 핏줄 낭자한 아침이 열리곤 한다

눈빛

아이들과 칼싸움 놀이를 할 때였다
갱 속을 빠져나온 석탄 열차 위에서
삽질하시던 아버지 눈과 딱 마주쳤다
시커멓게 얼굴 번뜩이는 눈빛
일순 내 온몸이 딱딱하게 굳어버린 사이
나는 적의 칼을 맞고 죽었다
일곱 살짜리 병정의 어이없는 죽음은
유년기 내내 망령처럼 뒤따랐다
나는 한 시절을 갱 속에 묻어버리고
다시는 그 마을로 돌아오지 않기로 했다
그날 밤 내가 묻힌 무덤 속에
빛나던 아버지 삽도 몰래 묻었다

숱한 생활의 전장을 누비며
나 아버지 적 나이가 되어
검은 먼지 여전히 날리는 마을에 돌아와
키 작은 미루나무 한 그루를 심는다

삽질 소리 막힌 갱을 마저 파헤치듯

미루나무 칼날이 검은 바람을 가르는 밤

오늘 밤은 그냥 밤이 아니다

빛나는 아버지 눈빛 닮은 별들이

오롯이 부활하는 밤이다

용맹스러운 함성 이글거리는 눈빛

씩씩한 일곱 살짜리 병정도

흙먼지를 털어내며 부활하는 밤이다

소꼬리

저녁놀 얼비친 정육점 앞에서
얼마 전 기력을 잃고 누우신 엄마가
좀처럼 일어나지 못한다는 전화를 받는다

당장 정육점을 들어갈 수 없는 내 발목이
일순 딱딱하게 굳는다 그러나 나는
우아한 자세로 막 끊긴 손전화기를 누른다

진열장 안에 재밌게 생긴 소꼬리들이
한꺼번에 뛰어나올 것 같아요
그러니까 유쾌한 내 말꼬리에 말꼬리를 물고
저 소꼬리들이 한바탕 춤추게 하려면
주저 없는 당신의 빠른 송금이 필요해요

그러나 여러 전화번호를 누르며 펼치는
묘사와 수사에 대한 긍정적 감응은 없고
감추면서 드러내야 할 고난도 테크닉까지

시장통 땅바닥에 깡그리 내려놓은 뒤
해 진 엄마 사연만 줄줄이 엮어서
간신히 소꼬리 한 짝을 산다

진실 없는 허구에 아름다움이 없듯
비로소 사족蛇足을 뎅겅 잘라버린 시 한 편을 들고
서둘러 간다 자갈밭을 일구던 소 발굽처럼
아물지 않는 생활의 삔 발목을 끌며
엄마 집에 간다

다람쥐의 손

아름드리 참나무 숲 다람쥐 한 쌍
두 손으로 도토리를 받들고 있다
마치 서로 밥 한 끼를 권하는 모습 같아서
까만 눈동자가 맑고 깊다

암사동 화덕에 둘러앉은 움집 속 사람들
도토리밥을 권하던 눈빛도 저러했을까
긴긴날을 네 발로 기어 다니다
두 손이 자유로워진 직립은
이곳 강기슭에 움집을 만들었을까

저녁 무렵 산등성이를 넘어간 햇볕은
화전火田에 심은 씨앗이 궁금해
어서 매달아줄 열매를 매만지며
다시 돌아올 아침을 기다리고
홀쭉한 달은 덩달아 아기 울음을 부풀렸을까

뿌리 깊은 참나무 숲에서는
밥그릇 싸움한 흔적 어디에도 없으니
수천수만 년을 두 손 받들고 살아갈
저 다람쥐 한 쌍 사랑의 자세 분명하겠다

만트라

스님 여럿이 색색의 모래알로
무지 큰 널빤지에 올라가
몇 달째 그림을 그리는데요

예불 날이 다가오면
산사를 오르는 긴 행렬이
도무지 끝을 모를 장관인데요

길가에 핀 염화미소
설법 또한 튼실한 알곡이어서
내려갈 길 바랑 삼고 싶은데요

예불이 끝날 즈음
스님 여럿이 널빤지에 올라가
큰 빗자루로 그림을 쓸어버리는 거예요

오매불망 공들인 법화경 하나가

눈앞에서 순식간에 사라지는 것인데요

비질하는 스님들 모습 태연하기 그지없고
예불 올리던 사람들
일제히 염불을 하는데요

만트라曼陀羅 예불의 의미조차 모른 채
우연히 산꼭대기 산사를 찾은 관광객들도
맞댄 두 손 가슴 앞에 모으고
사라진 그림 쪽으로 일제히 고개를 숙이는 거예요

별떡

조문을 올리고
막 차려진 밥상 앞에 앉아
동그란 떡 한 알을 입에 넣는다

어렸을 때
엄마 말에 속은 것을 알고
밤새 아픈 배 문지르며
마당 한쪽 변소를 가지 못했던 공포의 떡

언제부터인가
오금 저리게 했던 죽음의 냄새는 사라지고
초상집 떡
곱씹을수록 향기롭다

지상에 마지막 한 끼니를 베풀며
언젠간 돌아갈
하늘길 걸음을 생각하며

집으로 돌아가는 길

별똥별 먼 산언저리를 스치며
반짝 켜지는 한 줄기 말씀
아가야, 잔칫집 떡이란다

소주 반병

늦은 밤 선술집 양은냄비 속에서
뼈다귀 감자탕이 끓어오를 즈음
친구 한 놈이 시비를 걸어온다
야, 이 자식아!
너는 시만 쓰고 사니 좋냐?
밥 한 끼 벌이가 얼마나 치사한 줄 알긴 아냐?
에라, 이 자식아!
사회 부적응자인 넌 좋겠다

딱 소주 반병만 마셨다고 우겨대는데
한 친구는 만취량이라 하고
한 친구는 마셨다고 하기엔 어림없다지만
자, 자, 건배! 건배! 부르짖는 목소리들만큼
어질어질한 세상사 예외는 없는 건가

선술집 탁자에 빈 소주병이 쌓여가고
저마다 볼그족족해진 알싸한 얼굴 얼굴이

안주 삼은 정치 경제 교육에 대한 각론들
급기야는 한바탕 드잡이라도 할 태세인데
넘치지 않는 그렇다고 부족하지도 않은
저 얼큰한 시시비비가 언제나 좋다

다시는 안 볼 것처럼 삿대질을 해대다가도
자리를 털고 일어설 때면 서로 술값 내야 한다고
우당탕탕 얽히고설키고 마는
저 모지리 녀석들이
변함없이 소주 반병이어서 좋다

산 108번지

팽창하는 침묵을 견디지 못해
앞다투어 앞다투어 말이 핀다
심폐소생술로 돌아온 호흡처럼
말 말들이 핀다 언 생활을 녹이듯
따뜻한 말 말들이 핀다

향긋한 꽃말 보드란 꽃말이
스크럼을 짠 집집마다 내려앉으며
더 넓게 더 낮게 더 깊게
채 녹지 못한 그늘에도 말을 건다

형형색색 쏟아지는 꽃말을 끌어안고
꿈틀거리는 놀이터 돌과 돌 사이에서
새파랗게 일어서는 풀잎들
탱글탱글 물이 오른 나뭇가지마다
초란초란 돋아나는 촉촉한 대답들

어쩔 수 없는 봄이다
골목 안 부산한 발소리만큼
겨우내 굳게 닫혔던 창문들
빠짐없이 활짝 열리며
일제히 말문이 터지는 봄이다

옆집

오랜만에 현관문 활짝 열린 옆집으로
이삿짐 들이는 소리가 요란하다

오간다는 말 한마디 없이
간밤에 떠나버린 사람들도
어디선가 다시 이삿짐을 풀 때
깨지고 낡힌 저 사연 쏟아낼까

얼른 뛰쳐나가 반갑다고 말하고 싶지만
갑자기 얼굴이 화끈 달아오르고
마른 입술만 달싹거리는
이토록 낯설어진 인사는 언제부터인가

곧 현관문이 굳게 닫히면
텔레비전 소리 방문 여닫는 소리 설거지 소리
간간이 터지는 웃음소리 울음소리 코 고는 소리
저 얇은 벽을 연방 두드릴 텐데

더는 안절부절못하고만 있을 수 없어
나는 냉장고에서 음료수 한 통을 꺼내 들고
꽁꽁 묶인 이야기보따리를 풀어놓는
멀디먼 옆집으로 성큼성큼 걸어간다

완전한 아침

죽자 사자
밤새 달려간 땅끝 바다

어둑어둑한 수평선에서
시뻘건 해가 불쑥 솟아오르자

궁극이다
엄마의 배를 닮은
적나라한 궁극이다

모든 생의 끝과 시작이
다른 말, 같은 의미이려니

더는 궁싯거릴 수 없다

어둠 속에서도 햇빛은 있고
얼마든지 있고

누구나 그 자리에서

아기 울음 벅찬 아침은 온다

아픈 사랑

고향집 싸리나무 울타리 아래
밥풀꽃 한 송이
평생을 꿈쩍도 않고
제자리에 피어 있다가
간신히 찾아온 나비 한 마리
끝내는 보지 못하고
온전히 지고 말았는데

나비는 제 날개를 꺾지 못했다

어둠보다 선명한 것이 없을 이에게

문동만 • 시인

이 세계는 소리의 과잉, 빛의 과잉으로 몸살을 앓는다. 소리가 무너지고 소음이란 자들이 득세하기 시작했다. 은근한 불빛이 사라지고 헤드라이트나 조명이란 패거리들이 번성하기 시작했다. 이 둘은 공통적으로 착취한 에너지로부터 왔음은 불문가지다. 그는 실상 어떤 빛도 사용하지 않는데 이 세계는 너무 밝다는 것이 난감하다. 그에게 기타 소리보다 큰 소리는 필요치 않은데 바퀴소리는 너무 위협적이어서 겁이 난다. 그가 "어둠보다 선명한 것이 있을까"(「묵화를 그리며」)라는 문장을 보여줄 때 이것은 비유일까, 증언일까, 증거일까, 이런 생각들이 막막히 지나간다. 이 문장은 선택지가 없는 절박한 촛불 같기도 하고 화선지에 번지는 먹물 같기도 하다.

아는 사람은 알겠지만 그의 시는 어둠을 더듬이로 삼아 빛깔들을 분별하며 세상과 시적인 것들을 읽어낸다. 어둠에 채이고 묶인 "젖은 깃털"로 그리는 묵화일 텐데, 희한하게도 그 그림들이 누져 있지 않은 것은 무슨 연유인가. 우리가 올 한 해 광장에서 가장 많이 들었던 경구, '어둠은 빛을 이길 수 없다'는 말은 그에게는 어울리지 않는다. 빛이 그의 어둠을 이길 수 없는 까닭이다. 20여 년 전 그는 고통스럽게 빛을 잃고 어둠을 얻었다. 자연히 그의 모든 시공간은 암실이었다. 어둠은 종종 예술을 인화시킨다. 어찌 시뿐이랴. 모든 사물과 사태를 소리와 손끝의 감각으로 식별할 테지만, 그가 모르는 세상사는 거의 없는 듯 보였다. 나는 무엇보다 그가 경쾌한 사람이라는 것이 마음에 들었다. 농담을 좋아하고 연애를 좋아하고 사람을 좋아하는 정감이 좋았다. 주눅 들어 보이지 않는 아우라가 좋았다. 나는 많은 것을 보기에 두려움도 많은데 나보다 두려움이 없는 사람처럼 보였다.

한 사람이 자기의 얼굴과 목소리를 갖는 일은 자기 문체를 얻는 것처럼 간단치 않은 일이다. 그것은 생래적이기도 하겠지만 이력과 실존에 대한 자의식, 관계를 대하는 예의나 태도와도 연결되어 있다. 목소리도 중요한 서정의 표면이다. 우리가 바닥에 산다면 그는 해저를 사는 사람이라 봐야 할 터인데, 그의 삶과 시는 물속에 사는 반딧불이 같다. 필사적으로 젖으며 스스로 빛을 내고야 마는 발광체다. 교란된 세상에서 소리를 분별하는 일은 보는 일만큼이나 중요해졌다. 큰 목소리에는 허세와 허언이 끼게 마련이고 시적인 목소리는 아주 작고 흐리게 들리니까 어쩌면 시인은 그의 순명이어야 할까. 그는 시집 전체에서 '소리'에 대한 감응을 점자화하는 독보적인 작업을 수행

하고 있다. 그가 '소리들'에 집중하는 이유는 소리가 그의 시각이기 때문이다. 그의 첨예화된 더듬이를 거친 평면의 언어는 패이고 솟아오르며 진동하고 돋을새김되면서 마침내 입체적인 회화로 재구성된다. 이것이 손병걸의 시다.

> 꺼진 별들 뒤에 감춘 통증을 켜야
>
> 별똥별 점자는 멀리 빛나는 것
>
> 이것이 시력 없는 내 생활의 활자이다
>
> —「점판」 부분

혹자는 시와 사람의 분리를 요구하기도 한다. 어떤 이들에게는 당연한 포즈이거나 여분의 능력일지 몰라도 생래적으로 그것들이 불가능한 시인들도 있다. 몸으로 밀고 가야만 시가 열리는 시인으로서, 손병걸의 시는 육신과 분리할 수 없다. 내게는 한 권의 점자책이 있다. 국가인권위원회 청탁으로 쓴 「당신은 열 개의 눈동자를 가졌다」라는 제목의 산문으로 손병걸 시인과의 인연을 담았다. 나는 평면의 활자로 써 보냈는데 점판으로 찍어 만든 두꺼운 점자책으로 보내온 것이다. 이사를 하며 두꺼운 책이나 문예지 대부분을 주거나 버렸는데 이 책은 버릴 수 없었다. 이질감이거나 혹은 경이로움 때문이었다. 우리가 흔히 시적 비유로서 '점자를 더듬듯' 하는 식의 표현을 쓰기도 하지만, 그 말의 실감을 갖기란 쉽지 않을 터이다. 어쩌면 비유는 내 몸 밖에 있는 절실하지 않은 꾸밈말이기 쉽다. 시인의 대표작이기도 한 「나는 열 개의 눈동자를 가졌다」는 다시 읽어봐도 밝은 어둠이다.

직접 보지 않으면
믿지 않고 살아왔다

시력을 잃어버린 순간까지
두 눈동자를 굴렸다

눈동자는 쪼그라들어 가고
부딪히고 넘어질 때마다
두 손으로
바닥을 더듬었는데

짓무른 손가락 끝에서
뜬금없이 열리는 눈동자

그즈음 나는
확인하지 않아도 믿는

여유를 배웠다

스치기만 하여도 환해지는
열 개의 눈동자를 떴다

—「나는 열 개의 눈동자를 가졌다」 전문

(『나는 열 개의 눈동자를 가졌다』, 애지, 2011)

우리는 이 시를 관통해야만 잠깐이나마 시인의 시력이 되어
볼 수 있을 것이다. 시와 일상에서 드러내는 낙천성과 용기에
도 불구하고 그는 통증을 시시때때로 켜야만 살아진다. 망막
이 자연스레 열리지 않으므로 통증을 열어 눈을 전등처럼 켜야
만 한다. 통증으로 만든 활자는 점핀으로 새긴 점자가 된다.
글자는 종이라는 평면에 높낮이 없이 기록한다. 점자는 어떤
가? 여섯 개의 점을 자음으로, 여섯 개의 점을 모음으로 삼아
배열과 간격을 변주해 입체적인 문자를 얻어낸다. 모든 문자가
그러하듯 이 또한 '어떤 약속'을 전제해야 문자로써 기능한다.
'이렇게 쓰기로, 읽기로 하자'라는 암호 같은 외롭고 막막한 약
속, 익히 써왔던 문자를 놓고 새로운 문자를 익힌다는 것은 낯
선 이국에 사는 심정일 것만 같다. 그러나 기꺼이 그 새로운 활
자를 품고 "첫 갈피에 새로운 글귀를 새긴다".

검붉은 활자들이 닫힌 하늘을 여는 동안

어둡고 긴 길은 지나치게 가파르고 험했다

많은 날을 맨몸으로 굳건히 아팠다

통증을 어루만져주던 활자를 품고

나는 다시 첫 갈피에 새로운 글귀를 새긴다.

―「하늘 아침」 부분

　손병걸 시인과 함께 제주도에 동행한 일이 있었는데 잠깐 머문 곳이 조천朝天이었다. 조천이라는 한자지명을 풀이하니 '아침하늘'이거나 '하늘아침'이었다. 그 말을 나누며 우리는 멋진 비유라도 발견한 것처럼 기분 좋게 웃었는데 그는 그 때 시를 쓰고 있었던 모양이다. 그가 "많은 날을 맨몸으로 굳건히 아팠다"고 고해할 때 나는 그의 단단한 허벅지가 떠올랐다. 그는 자전거를 탄다. 페달은 돌되 바퀴는 돌지 않는 자전거다. 더 멀리 오래 가기 위해서. 이런 일상적 노력과 각오를 알기에 생활과 시가 "굳건히 아팠다"는 말은 기꺼이 전이된다. 그가 참 좋아하는 표현인 듯싶은 '눈부시다'는 말에 가 닿기 위하여 우리도 눈을 감아봐야 한다.

　저수지 둑길을 걷는데

　사람들이 던지는 돌멩이에

고인 물 일어나는 소리

천 년의 잠을 깨는 것 같아서

화들짝 귀가 열렸다

　　　　　　　—「소리를 보다」 부분(『나는 열 개의 눈동자를 가졌다』)

부르기만 하면

목소리 쪽으로 고개가 돌아간다

보이지 않는 내 눈을 잊은 것이 아니다

언제나 의식보다 먼저

돌아가는 얼굴, 열리는 눈동자

보여주는 것이다

　　　　　　　　　　—「눈길」 부분(『나는 열 개의 눈동자를 가졌다』)

　"목소리 쪽으로" 고개가 돌아가는 것은 눈의 오래된 습성이다. 몸은 기능을 상실한 제 몸의 일부일지라도 포기하지 않는다. 그래서 눈의 일을 거두지 않고 하던 대로 하게 내버려두는 것이다. 그러니 일부는 일부가 아닌 셈이고 이것은 어떤 한 사람만의, 한 몸만의 문제가 아니라는 우주적 의지로 확장된다. 누군가 저수지에 돌을 던질 때 그에게 파문이 번졌다. "천 년의 잠을 깨우는" 종소리가 되었다. 보다시피 그는 돌을 던질 수 없다. 누군가의 조력이 필요하다. 물살을 만져볼 수 있도록 이끌어 줄 '손'이거나 함께 걸어줄 '발'이 필요하다. 우리가 살며 눈길을 주는 것도 손을 내미는 것도 쉽지 않지만 발을 주는 일, 동행이 되는 일이 가장 어렵지 않던가.

"빠끔히 열린 방문 사이로 딸아이 그림 그리는 소리 흘러나온다"(「하얀 도화지의 소리」)고 쓸 때, 그는 그림조차도 소리로 본다. 「산동네 골목 안 오케스트라」, 「맨홀 속 물소리」 같은 시처럼 온갖 '소리'들을 들음으로써 본다. 우리는 본 것을 우선 믿고 듣는 것은 그 다음에 믿는다. 허나 그는 들리는 것을 먼저 분별한다. 그러면서 그는 역설하고 있다. 우리가 확실히 읽었다고, 보았다고 믿는 것들이 진실인가? 모든 걸 볼 수 있다고 당신들의 분별심이 우월한가? 눈에는 모든 것이 담긴다. 오욕칠정과 지식과 지성, 겸손과 천박조차도. 그러니 눈은 편향적이며 객관적이지 않다. 담겨야 할 것이 사라진 눈이야말로 근본적인 어둠이 아닌가. 파울 첼란의 시처럼 보고 싶어도 보지 못하는 꽃이기에 우리는 (눈)물을 마련하여 꽃을 키워야 한다.

꽃— 맹인의 단어,
너의 눈과 나의 눈이

물을 마련한다.

—파울 첼란의 시, 「꽃」 중에서

페이크fake라던가, 가짜뉴스라는 말이 유행하는 시절이다. 대국의 대통령도 소국의 대통령 흉내 내는 이도 페이크를 일상어로 제조하는 시대이다 보니, 확연하게 드러난 것도 눙치고 어떤 대중들은 그 가짜 소리들을 맹목으로 믿기도 하는 시대이다 보니! 사람들은 말하곤 한다. 차마 눈 뜨고 볼 수 없다고! 이런 시절에 안 보고도 다 아는 시인의 안목은 차라리 선구적이다. 크고 작은 소리에는 얼마나 많은 조작과 환청이 섞여 있을 것인가. 그 껍데기들을 가려내고 득음을 얻어야 하는 것이 손병걸 시의 난경이다. 그러나 시인은 그 일을 하고 있다.

「벙어리장갑」이란 시는 수화를 하는 여인에게 '벙어리장갑'을 사주려다 순간 뜨끔한 생각이 들어 장갑을 물리고 손가락이 있는 장갑을 선물했다는 것. 우리가 섣불리 쓰는 관용적인 표현들은 진화한 지성에 견주자면 비인격적이기도 하다는 것. 라디오에서 청취자 퀴즈에 "보기1", "보기2"식으로 예시되자 전화를 걸어 "듣기1', '듣기2"로 해야 하지 않느냐 따졌더니 주문대로 바뀌더라는 것. 시인이 겪은 일을 다루고 있는 이 시들은 무겁지 않게 고착된 언어들을 계몽하기도 한다.

모든 것은 때가 되면 떨어지고

떨어지는 그 힘으로 우리는 일어선다

그때도 그랬다 천수답 소작농

시도 때도 없이 떨어지는 쌀독

수백 미터 갱 속 아버지의 곡괭이질

시래기 담은 대야를 이고 눈길을 헤치던 어머니의 힘으로

　　　　　—「낙하의 힘」 부분(『나는 열 개의 눈동자를 가졌다』)

느닷없이 두 눈 잃어

죽을 둥 살 둥 술 퍼마시고

빗속에서 청승 떨다

자리를 깔고 드러누웠다

오들오들 떨리는 몸

입맛마저 떨어진 내게

어머닌

독한 약으로 몸살을 다스려야 하는데

빈속 상한다고 죽이라도 먹으라 했다

(중략)

내 몸에서 식은 죽이

펄펄 끓기 시작하는 것이었다

— 「죽」 부분(『나는 열 개의 눈동자를 가졌다』)

이 글을 쓰는 지금 나도 막막한 일을 겪었다. 그러나 이 시를 읽으며 그의 용기와 낙관에 기대어 힘을 얻었다. 누구라도 이 사람처럼 식은 죽일망정 스스로의 발열로 끓여 다시 살아갈 힘을 얻어야 하지 않을까. 비극은 포기라는 유혹을 통해 비극의 목적을 이루려 한다. 튕겨낼 수 없는 일들은 받아들임으로 바닥으로부터 신생하는 방법도 있다는 것. 나보다 훨씬 더 괴로웠던 사람의 가쁜 숨소리를 통해서 누군가의 삶은 다시 박동한다. 젖은 자는 또 젖는다. 죽도 젖어야 하고 깃털도 젖어야 마른 잠을 재운다. 어떤 문예지에 '릴레이 편지 쓰기'라는 코너가 있어 나는 시인에게 이런 편지를 쓴 적이 있었다.

고통은 대행자도 없이 고스란히 자신의 몫으로 다가오는 것이고 시는 그 연유를 축약하고 생략하고 정수만을 보여주라고 말하는 까닭에 드러난 것은 굴곡진 뿌리의 일부 같은 것일 것입니다. 그 상태를 이만한 낙관으로 마주한다는 것은 현실 속의 득도인 것인지, 시적 은유인 것인지. 시로서만 단정하지 않으럽니다.

(중략)

내 것이 아닌 고통을 누군가에게 위안의 방편으로 진술한다는 것은 결국 내 언어가 아니라는 부끄러움이 들었던 거죠. 그렇지만 나는 형의 얘기를 누군가에게 종종 나눌 생각입니다. 시를 말하기 위해서도 시를 끌고 가는 형의 눈을 말할 수밖에 없을 테니까요. 누구나 잠재적 장애를 가진 존재로서 앞서 살아가는 '변화된 몸'들을 표사로 삼는 일은 인간사의 상식이기도 하니까요. 깨달음이 꼭 누군가를 계몽하는 형태로 나타나지 않는 것도 시의 미덕이 아닌가 싶은데요. 형은 그런 강점이 있는 것이죠. 고도화된 경험과 사유가 없는 아포리즘은 허세이거나 허위일 때가 많고, 단정적인 귀결을 즐겨 쓰는 시들은 시를 끝까지 밀고 가지 못하는 나태함을 가리는 조급함일 때가 있다는 것을 생각해보면 형의 몸이 감각한 그 감정들을 끝까지 밀고 나가는 시들이 더 많이 써질 것이라 믿습니다.

—졸고, 「제 눈을 돌아보지 않을 때까지」 중에서

보이지 않는 눈동자가 자꾸 돌아간다
분명히 앞을 보고 있는 것 같은데
끝내 다 돌아간 눈동자가
몸속에 웅크리고 있는 어린 나를 본다

산 중턱 호롱불 외딴집
갑자기 풍을 맞고 쓰러진 아버지도 그랬다
자꾸만 돌아가는 아버지 입에서는
카랑카랑하던 목소리가 알 수 없는 발음이 되어
다시는 돌아오지 못할 뒤안길로 돌아갔다.

—「돌아가는 길」부분

그의 아버지는 강원도 산촌의 천수답 소작농이었고 막장에
서 탄을 캐던 광부였다. 어머니는 시래기를 팔아 자식을 거두
고 가르쳤다. 아버지는 풍을 맞고 오래 사시지 못했다. 그도
얼핏 그 나이가 돼 가며 돌아본다. 이제 그의 눈은 시간을 돌
아본다. 먼저 간 사람들의 시간, 작고 외로웠던 제 시간을 돌
아본다. 낙관으로 끝나는 시들만 있다면 시는 긍정의 폐허가
될 것이다. 그래서 우리는 돌아본다. 그러나 돌아보는 일밖에
없다면 시는 복고와 재현에 머무를 수밖에 없을 것이다.

캄캄한 벽 앞에서 한계를 느낄 때마다
나는 오히려 한 번씩 더 기쁘다

삶은 언제나 없는 길을 만들어가야 하듯

발자국이 없는 쪽으로 발끝을 향하고

내딛는 발걸음 발걸음이

비로소 길이 되는 것 자유가 되는 것

—「흰지팡이」 부분

밤하늘을 가득 메운 별들이 빠르게 꺼지고 있다

외로움을 견딜 수 있는 유일한 형식이 꿈

별들도 별 수가 없어 죽음을 잠시 빌린 잠

잠들어도 잠들 수 없는 숱한 죽음이

또다시 숨통을 조이는 가위에 눌릴 때

단단한 어둠의 껍질을 쪼아대는 소리

—「알」 부분

"발자국이 없는 쪽으로 발끝을 향"해야 하는 것은 시의 미학성을 위해서도 삶을 이루기 위해서도 필요한 일이다. 그는 벽 앞에서, 한계 앞에서 "한 번씩 더" 기쁘다고 쓴다. 많이도 아니고 '한 번씩'만 기쁘다는 말은 어휘로서는 단순하지만 존재로서 비범하다. "외로움을 견딜 수 있는 유일한 형식이 꿈"이라는 말은 또 어떤가. 꿈이야말로 모두의 막막한 빛이며 빛이어야만 하는 것이니.

지난 두 번째 시집의 성취에 이어 이 시집 또한 무너지지 않는 그의 중심을 보여준다. 주제와 제재는 더 확장되었다. 세월호 참사를 다룬 시들이나 4부에 배치된 '의병의 편지' 연작이 그것인데, 듣기만 해도 괴로운 세계의 비극을 타자화하지 않는다. 그리고 "이름 없는 뼈"로 남은 민중적 자아를 불러 소생시키는 작업도 눈여겨볼 만하다. 그도 이 시대의 복판을 함께 벅차게 걷고 싶었으리라. 광장과 거리에서 술집에서 자유로운 사람이 되어 외치고 싶었을 것이다. 나는 이 발문을 쓰는 내내 텍스트가 아니라 그의 얼굴과 목소리가 떠올랐다. 선글라스 속에 있을 투명한 시력을 떠올렸다. 나는 그것을 '많은 날 눈물로 닦인 구슬 같은 것'이라 쓴 적이 있다. '아직도 닦아내는 외로운 구슬이리라'고. 그의 시간을 돌아보니 내 마음도 내 몸도 다 온전한 것이 아님을 알겠다. 누구에게나 가리지 않고 찾아올 수 있는 고통의 잠재성을 생각하면 우리는 더 겸허하고 외로워질 필요가 있겠다. '점판'이라는 점자를 새기는 필기구로 그는 "몹시 그리운 한 사람"에게 편지를 쓴다. 사랑이 없다면 아무것도 아닌 그가 사랑이 없다면 아무것도 아닐 당신에게 편지를 쓴다. 내 외로움은 아무도 알아주지 않아도 나만은 알아준다며 쓴다. 점판에 깊이 찍히는데도 당신의 얼굴은 패이지도 않고 점자가 부풀어 오르듯 '어여삐 밝아' 오신다.

새파란 하늘에 어둠이 번져갈 무렵

몹시 그리운 한 사람을 떠올리며

나는 다시금 점판을 잡는다

꺼진 별들 뒤에 감춘 통증을 켜야

별똥별 점자는 멀리 빛나는 것

이것이 시력 없는 내 생활의 활자이다

빈틈없이 어둠 물든 하늘도화지에

작은 별빛 점자 하나를 찍는다

와글와글 모여든 별빛 은하수가 흘러가면

비로소 먼바다에 해가 솟듯

꺼진 별들을 켜는 내 문장은

명백한 실존이다 농도 짙은 기록이다

샹들리에 켜진 하늘길을 향해

어젯밤 내내 못다 걸은 발소리를

재빨리 마저 찍는다

어두워도 어둡지 않는 새벽달 뒷면

웅크리고 있던 사랑이 기지개를 켜며

한 번도 열리지 않았던 아침

어여쁜 얼굴 한 장이 밝아온다

—「점판」 전문

통증을 켜다

초판 1쇄 발행 • 2017년 5월 22일
초판 2쇄 발행 • 2017년 12월 15일

지은이 • 손병걸
펴낸이 • 황규관

펴낸곳 • 도서출판 삶창
출판등록 • 2010년 11월 30일 제2010-000168호
주소 • 04149 서울시 마포구 대흥로 84-6, 302호
전화 • 02-848-3097
팩스 • 02-848-3094
홈페이지 • www. samchang. or. kr

디자인 • 정하연
인쇄 • 신화코아퍼레이션
제책 • 국일문화사

ⓒ 손병걸, 2017
ISBN 978-89-6655-077-7 03810